14 avril 1910

Collection d'un Amateur

Georges-Hoentschel

OBJETS D'ART

ET DE

Haute Curiosité

MANUSCRITS

OBJETS D'ART

ET DE

HAUTE CURIOSITÉ

MANUSCRITS

DU MOYEN-AGE & DE LA RENAISSANCE

CONDITIONS DE LA VENTE

Elle sera faite au comptant.

Les adjudicataires paieront *dix pour cent* en sus des enchères.

L'exposition mettant le public à même de se rendre compte de l'état et de la nature des objets, aucune réclamation ne sera admise une fois l'adjudication prononcée.

Paris. — Imp. Georges Petit, 12, rue Godot-de-Mauroi. — 20477-10.

CATALOGUE

DES

OBJETS D'ART

ET DE

HAUTE CURIOSITÉ

IVOIRES

Émaux champlevés et peints de Limoges

SCULPTURES, BRONZES & CUIVRES, MEUBLES

IMPORTANTS MANUSCRITS

Tapisserie

PROVENANT DE LA

COLLECTION D'UN AMATEUR. *Georges Hoentschel*

DONT LA VENTE AURA LIEU A PARIS

HOTEL DROUOT, SALLE N° 6

Les Jeudi 14 et Vendredi 15 Avril 1910, à 2 heures

COMMISSAIRE-PRISEUR

M. F. LAIR-DUBREUIL

EXPERTS

M. HENRI LECLERC	M. HENRI LEMAN
Libraire.	*Antiquaire.*
219, rue Saint-Honoré, 219	37, rue Laffitte, 37

PARTICULIÈRE : *Le Mardi 12 Avril 1910, de 1 h. 1/2 à 6 heures.*

PUBLIQUE : *Le Mercredi 13 Avril, de 1 h. 1/2 à 5 heures.*

Georges Hoentschel

ORDRE DES VACATIONS

Le Jeudi 14 Avril 1910.

Manuscrits	Nos 1	à	9
(L'ordre des numéros ne sera pas suivi pour les manuscrits.)			
Ivoires.	10	à	46
Émaux champlevés	47	à	70
Émaux peints	71	à	78
Objets variés	79	à	80

Le Vendredi 15 Avril 1910.

Cuivres et Bronzes.	81	à	119
Bois sculptés.	120	à	150
Marbres et Pierres.	151	à	162
Tapisserie.			163
Meubles	164	à	169

MANUSCRITS

1 — Chronique universelle, très probablement celle connue sous le titre de : ***Manuel d'histoire de Philippe VI de Valois, roi de France.*** In-fol., cuir de Russie. (*Rel. anglaise.*)

Importante et très intéressante réunion de 35 feuillets, contenant tous une grande miniature ($0^{m}17 \times 0^{m}13$). Ils proviennent d'un précieux manuscrit français du commencement du XVe siècle.

Ces miniatures, sauf trois ou quatre, sont d'une bonne conservation et sont des plus intéressantes pour les sujets traités et les physionomies des personnages de quelques-unes.

Nous citerons, dans l'ordre où elles se trouvent dans le recueil, les miniatures suivantes qui donneront une idée du grand intérêt de cette réunion :

Construction de la tour de Babel. — Moïse sauvé des eaux. — Mort de Socrate. — Aristote instruisant Alexandre. — Alexandre chassant les bêtes féroces en Afrique. — Hircanus labourant. — Jugurtha et les ambassadeurs romains. — Bataille entre Scylla et Marius. — Attaque (avec canon de Soissons par César. — César pénétrant dans Ariminum. — Camps de César et de Pompée. — Cléopâtre couronnée. — Gand, Bruges et l'Escaut. — Vue de Rome. — Un philosophe perse se lamentant de la naissance d'un enfant. — Deux personnages jouant aux échecs, etc., etc.

Un de ces feuillets, celui qui contient le sommaire du chapitre 460, donne cette indication qui semble dater le manuscrit : *Si fu escript ce présent livre en lan de l'incarnation de nostre seigneur Jesus Christ, lan mil quatre cens et seize* (1416).

Le prologue, qui commence au premier feuillet de ce recueil, débute exactement comme le prologue du *Manuel de Philippe VI.*

enfance ne leur vient
jusques a tant quilz aient aage par
faut [illegible] les enfans [illegible] et

Et sy battu seulement pour tenir
en humilite car se sen trop tost
[illegible]

2 — Heures. In-32 (de $0^{m}82 \times 0^{m}06$), mar. citron, dent. argentée, doublé de mar. bleu, dent. dor. (*Rel. du* XVII*e siècle.*)

Joli petit manuscrit français du milieu du XVe siècle, dont la décoration est peu commune et d'une richesse extraordinaire. Il se compose de 172 feuillets, dont 12 pour le calendrier. Il est enrichi de 16 GRANDES MINIATURES d'une charmante exécution : beaucoup sont avec fond quadrillé.

44 feuillets, dont ceux des grandes miniatures, sont ornés de larges encadrements qui renferment 31 PETITES MINIATURES en forme de médaillons entourant les grandes miniatures. Ces petites miniatures sont d'une finesse remarquable : de nombreux personnages grotesques, animaux et guerriers combattant, sont mêlés aux fleurs et rinceaux des encadrements, qui sont d'une richesse étonnante.

Tous les autres feuillets sont enrichis de petites bordures de rinceaux et de fleurs : celles des psaumes renferment des petits personnages grotesques ou autres d'une grande variété.

Les marges des encadrements ont été atteintes à la reliure et un coin des derniers feuillets est taché.

3 — Heures. In-8°, veau fauve, semé de fers à froid. *(Rel. du* XVI*e siècle, avec le dos refait.)*

Très beau manuscrit français de la première moitié du XVe siècle, comprenant 165 feuillets, dont 12 pour le calendrier. Il renferme 12 GRANDES MINIATURES, donnant les sujets ordinaires des livres d'heures.

Deux de ces miniatures, *l'Annonciation* et *le Christ en croix* sont entourées, la première, de 4 petits médaillons représentant divers épisodes de la vie de la Vierge ; la deuxième, de 6 petits médaillons, sujets de la Passion. Ces 12 grandes miniatures sont renfermées dans de très riches encadrements de rinceaux, fleurs et points d'or.

Toutes les autres pages du manuscrit sont enrichies d'une bande également composée de rinceaux, fleurs et points d'or. Nombreuses et grandes initiales à fond d'or.

Ce manuscrit est d'une fraicheur remarquable et les miniatures sont très brillantes.

La reliure est semblable, comme décoration, à celle reproduite dans *l'Armorial du bibliophile* (p. 2) et dont la provenance est attribuée à Louis XII.

7
Har

4 — Heures. In-32, rel. en soie verte, milieux, coins et fermoirs en argent, dont un manque. (*Rel. anc.*)

Curieux et joli manuscrit français du XVe siècle, d'un format tout à fait exceptionnel. Ce manuscrit mesure $0^{m}063 \times 0^{m}046$; il se compose de 164 feuillets écrits sur un vélin d'une grande finesse et renferme 15 MINIATURES, dont 14 grandes et 1 petite, toutes d'une très jolie exécution. Les pages qui contiennent les miniatures sont ornées d'une bordure.

4 feuillets ont été ajoutés postérieurement à ce manuscrit, 2 contiennent des armoiries et les 2 autres, chacun une miniature, d'une exécution assez grossière, représentant l'une le Bon Pasteur et l'autre les instruments de la Passion.

Le fermoir qui reste au volume est formé d'une grande lettre A.

5 — Heures de la Vierge. In-8° de 111 ff., mar. vert, dent. (*Rel. du XVIIIe siècle.*)

Manuscrit du XVe siècle sur vélin, orné de 13 GRANDES MINIATURES donnant les sujets ordinaires des livres d'heures et de 4 miniatures, plus petites, représentant les quatre Évangélistes.

Les pages contenant les miniatures sont ornées de bordures de fleurs et de rinceaux et d'une grande capitale sur fond d'or.

La dernière miniature a un peu souffert et le manuscrit est incomplet de quelques feuillets.

Ex-libris du duc de Saint-Simon, pair de France, à l'intérieur du volume.

12.000 Octave Homberg

6 — Heures. In-8° de 172 ff., mar. violet foncé, compart. de fil. et de fers dor., étui. (*Rel. romantique.*)

Très joli manuscrit de la fin du xve siècle ou du commencement du xvie, exécuté en Touraine. Il est d'une conservation parfaite et sa décoration est d'une très grande richesse.

Il renferme 16 grandes miniatures et 36 petites, dont 24 au calendrier représentant les signes du zodiaque et les occupations de chaque mois. L'une des grandes miniatures, la quatrième, contient le personnage pour lequel le manuscrit a été exécuté, à genoux devant la Vierge et l'Enfant Jésus.

Toutes les pages sont ornées de très riches bordures, composées de fleurs, rinceaux, oiseaux et animaux divers. La bordure du bas de plusieurs des grandes miniatures renferme une miniature en largeur, très intéressante par la scène représentée : chasse, flotte passant devant une ville fortifiée, etc. La fin du manuscrit est composée de prières en vers, écrites en français.

Des armoiries, qui se trouvaient dans plusieurs des bordures, ont été recouvertes de couleur bleue : ces armoiries étaient entourées de la devise : *Se bien en vient.* D'autres armoiries ont été peintes sur un blason plus ancien, accompagné de la devise : *Plus que jamais.*

7 — Heures. In-16, rel. en velours noir, fermoirs.

CHARMANT petit ($0^{m}113 \times 0^{m}09$) manuscrit français de la fin du XVe ou du commencement du XVIe siècle. Il contient 147 feuillets, dont 12 pour le calendrier. Ce manuscrit, exécuté dans le centre de la France, renferme 19 GRANDES MINIATURES, d'une exécution délicieuse et dont la plupart des figures sont d'une expression remarquable. Elles représentent les sujets ordinaires des livres d'heures, sauf une, le Couronnement de la Vierge, contient 60 petites figures : anges, saints et saintes, et personnages. 12 petites miniatures, signes du zodiaque, enrichissent le calendrier.

Toutes les pages sont ornées de bordures.

PRÉCIEUX PETIT MANUSCRIT, qui semble être incomplet après les feuillets 21 et 102.

Au bas du dernier feuillet se trouve cette inscription manuscrite : *ex-libris Jul. Boilly pict.*

8 — Miniature provenant d'un antiphonaire de la fin du xve siècle, encadrée.

Lettre O, contenant une miniature représentant la Vierge à genoux, les mains croisées sur la poitrine, devant l'Enfant Jésus couché.

Cette miniature a été encadrée par des fragments de bordures, larges de 4 centimètres, composées de fleurs et de rinceaux, renfermant le chiffre et les armes d'Anne de Bretagne, le chiffre et le porc-épic de Louis XII.

9 — Heures. In-8° de 225 ff., mar. rouge, dent., doublé de soie bleue. (*Rel. du* XVIII*e siècle.*)

MAGNIFIQUE ET TRÈS PRÉCIEUX MANUSCRIT exécuté en Touraine au commencement du XVIe siècle. Il renferme 37 MINIATURES de la grandeur des pages simplement entourées d'un large cadre doré sur fond de couleur. Ces miniatures, d'une exécution des plus remarquables, sont, sans aucun doute, de l'école de BOURDICHON. Le dessin en est des plus soignés, les physionomies sont admirables d'expression, les couleurs éclatantes et les paysages charmants.

Ces miniatures peuvent supporter la comparaison avec les plus beaux manuscrits de l'école du célèbre artiste tourangeau.

Plusieurs milliers d'initiales et de bouts de lignes enrichissent encore ce TRÈS PRÉCIEUX MANUSCRIT, dont le calendrier est écrit en lettres d'or, d'argent et en noir. Sa conservation est parfaite.

A la fin, se trouvent 11 feuillets d'une écriture du XVIe siècle un peu postérieure à celle du manuscrit.

32.

Hesc'

(BN)

N° 133.

OBJETS D'ART

IVOIRES

10 — VOLET DE DIPTYQUE en ivoire sculpté en bas-relief, représentant la Nativité et l'Annonce aux bergers; à la partie supérieure, une triple arcature gothique ornementée de feuilles. Travail français, XIVe siècle.

Haut., 8 cent.; larg., 6 cent.

11 — VOLET DE DIPTYQUE en ivoire sculpté en bas-relief, représentant, disposés sous une triple arcature gothique : la Vierge debout, tenant l'Enfant Jésus, entre sainte Catherine et saint Jean l'Évangéliste; dans le haut, des anges, vus à mi-corps, agitent des encensoirs. Travail français, XIVe siècle.

Haut., 91 millim.; larg., 66 millim.

12 — DIPTYQUE en ivoire sculpté : le volet de gauche est orné de la représentation de la Nativité et de l'Annonce aux Bergers; le volet de droite représente le Christ en croix entouré de saints personnages. A la partie supérieure de chaque côté, une triple arcature gothique ornée de fleurons. Travail français du XIVe siècle.

Larg. ouvert, 136 millim., haut., 87 millim.

13 — Volet de diptyque en ivoire sculpté en bas-relief, représentant la Crucifixion, scène à nombreux personnages disposés sous une arcature gothique ; à la partie supérieure, deux anges vus à mi-corps. Travail français, xive siècle.

Haut., 145 millim. ; larg., 85 millim.

14 — Volet de diptyque en ivoire sculpté en bas-relief, représentant la Nativité et l'Annonce aux Bergers ; à la partie supérieure, trois arcatures gothiques à motifs fleuronnés. Travail français, xive siècle.

Haut., 12 cent. ; larg., 9 cent.

15 — Groupe en ivoire sculpté en ronde bosse, représentant la Vierge assise sur un trône, allaitant l'Enfant Jésus. La Vierge est tournée de trois quarts à gauche, drapée dans un ample manteau dont les plis sont ramenés sur les genoux et laissant à découvert la poitrine. Elle soutient de son bras droit l'Enfant Jésus assis sur son genou. Elle est voilée et la tête est ceinte d'une couronne en argent. Travail français, xive siècle.

Haut., 16 cent.

16 — Plaque circulaire en ivoire sculpté en bas-relief, représentant la Crucifixion, composition à nombreux personnages disposée sous une large arcature à ogives séparées par des têtes de dragons. En haut de la croix : le soleil et la lune. Monture en cuivre doré. (Restaurations sur les bords.)

Diam., 137 millim.

17 — Petit diptyque en ivoire sculpté en haut-relief. Chaque volet est divisé en deux registres qui représentent, sous des arcatures gothiques : la Crucifixion, la Nativité et l'Annonce aux Bergers, le Couronnement de la Vierge et l'Adoration des Rois Mages. Travail français, xive siècle.

Larg. ouvert., 128 millim. ; haut., 10 cent.

17

14

12

13

10

19

11

18

18 — Volet de diptyque en ivoire sculpté en haut-relief et représentant la Crucifixion ; arcature gothique à motifs lobés et ornementée de feuilles; dans les angles supérieurs, deux anges agenouillés. Sur la croix, deux anges à mi-corps, tenant l'un la lune, l'autre le soleil. Travail français. xive siècle.

Haut., 14 cent.; larg., 87 millim.

19 — Volet de diptyque en ivoire sculpté, représentant, disposée sous une triple arcature gothique, l'Adoration des Rois Mages. Travail francais. xive siècle.

Haut., 12[illegible] millim.; haut., 92 millim.

20 — Petit diptyque en ivoire sculpté en bas-relief, représentant, à gauche, l'Adoration des Rois Mages, et, à droite, la Crucifixion. A la partie supérieure de chaque volet, triple arcature gothique à motifs fleuronnés. Travail français du xive siècle.

Larg. ouvert, 81 millim.; haut., 64 millim.

21 — Volet de diptyque en ivoire, représentant la Crucifixion. Travail francais, xive siècle.

Haut., 62 millim.; larg., 47 millim.

22 — Petite plaquette en ivoire sculpté en bas-relief, représentant la Vierge assise sur une stalle et allaitant l'Enfant Jésus. A ses côtés, deux anges musiciens. xve siècle.

Haut., 7 cent.; larg., 52 millim.

23 — Volet de diptyque en ivoire, représentant le Christ en croix entre la Vierge et saint Jean, sous une double arcature gothique ornementée de feuilles et de fleurons. xve siècle.

Haut., 78 millim.; larg., 5 cent.

24 — Volet de diptyque en ivoire sculpté, représentant, sous une large arcature gothique soutenue par deux colonnettes, la Vierge assise, allaitant l'Enfant Jésus, entourée de quatre anges, dont deux soutiennent une couronne, et deux autres des porte-cierges. Dans les angles supérieurs, deux rosaces quadrilobées. xvᵉ siècle.

Haut., 73 millim.; larg., 52 millim.

25 — Petit diptyque en ivoire sculpté en bas-relief, représentant, sur le volet de gauche, l'Adoration des Rois Mages, et, sur le volet de droite, la Crucifixion. A la partie supérieure de chaque volet, une triple arcature gothique. Travail français, xivᵉ siècle.

Larg. ouvert, 113 millim; haut., 8 cent.

26 — Volet de diptyque en ivoire sculpté, représentant la Mise au Tombeau. A la partie supérieure, trois arcatures gothiques fleuronnées. Travail français, xivᵉ siècle.

Haut., 95 millim.; larg., 72 millim.

27 — Petite plaquette en ivoire sculpté en bas-relief, représentant la Nativité et l'Annonce aux Bergers. A la partie supérieure, une triple arcature gothique fleuronnée. Le revers est disposé en compartiments géométriques. Travail français, xivᵉ siècle.

Haut., 92 millim.; larg., 68 millim.

28 — Volet de diptyque en ivoire, représentant, sous une large arcature gothique trilobée, le Christ en croix entre la Vierge et saint Jean. Travail français, xivᵉ siècle.

Haut., 11 cent.; larg., 75 millim.

29 — Diptyque en ivoire sculpté en bas-relief, représentant, sur le volet de gauche, l'Adoration des Rois Mages, et, sur le volet de droite, la Crucifixion. A la partie supérieure de chaque volet, cinq arceaux gothiques à motifs fleuronnés, xivᵉ siècle.

Larg. ouvert, 154 millim.; haut., 88 millim.

30 — Petit volet de diptyque en ivoire sculpté en bas-relief, représentant, sous une large arcature gothique soutenue par deux colonnettes, le Christ en croix entre la Vierge et saint Jean. Monture en cuivre doré. Travail français, XIVe siècle.

Haut., 8 cent.; larg., 55 millim.

31 — Volet de diptyque en ivoire sculpté en bas-relief, divisé en deux registres superposés. L'un représente la Crucifixion, l'autre la Nativité et l'Annonce aux Bergers. XIVe siècle.

Haut., 15 cent.; larg., 8 cent.

32 — Volet de diptyque en ivoire sculpté en haut-relief, représentant la Crucifixion, disposée sous une arcature trilobée, surmontée d'un gable ornementé de feuillages sur les rampants. XVe siècle.

Haut., 13 cent.; larg., 53 millim.

33 — Diptyque en ivoire sculpté en haut-relief, représentant sur le volet de gauche l'Adoration des Rois Mages, et sur le volet de droite la Crucifixion. A la partie supérieure de chaque volet, une triple arcature gothique ornementée de fleurons. XVe siècle.

Larg. ouvert, 137 millim.; haut., [illegible] cent.

34 — Plaque centrale d'un triptyque en ivoire sculpté en bas-relief, représentant la Vierge assise tenant l'Enfant Jésus debout sur ses genoux. A la partie supérieure, arcature trilobée surmontée d'un gable à deux rampants ornementés de fleurons. XVe siècle.

Haut., 116 millim.; larg., 52 millim.

35 — Volet de diptyque en ivoire sculpté en haut-relief, divisé en quatre compartiments représentant : Jésus au Jardin des Oliviers, la Cène, l'Annonciation et la Nativité. Travail français du XIVe siècle.

Haut., 137 millim.; larg., 75 millim.

36 — Plaquette en ivoire sculpté en haut-relief, divisée en quatre compartiments représentant, sous une riche arcature gothique et sur un fond guilloché, à la partie supérieure, l'Annonciation et la Nativité : à la partie inférieure, sainte Catherine, saint Jean, saint Pierre et sainte Marguerite, saint Jacques et saint Christophe. xvᵉ siècle.

Haut., 11 cent.; larg., 7 cent.

37 — Volet de diptyque en ivoire teinté, représentant, sous une riche arcature gothique, le Christ en croix entre la Vierge et saint Jean. xvᵉ siècle.

Haut., 113 millim.; larg., 66 millim.

38 — Petit socle triangulaire en ivoire, à coins coupés, orné, sur chacune de ses faces, de têtes de chérubins. xviᵉ siècle.

Larg., 3 cent.; haut., 3 cent.

39 — Patenotre en ivoire sculpté, ornée sur l'une de ses faces d'un buste de femme de profil à droite, et, au revers, d'une tête de mort et de banderoles à inscriptions. xviᵉ siècle.

40 — Petit couteau à manche d'ivoire sculpté, ornementé de têtes, de mascarons et d'arabesques. xviᵉ siècle.

41 — Deux pièces en ivoire, provenant de crosses : l'une est ornementée au pourtour d'arcatures gothiques : l'autre est un nœud tout uni.

42 — Diptyque en ivoire sculpté en bas-relief, représentant sur le volet de gauche la Crucifixion, et sur le volet de droite la Vierge assise allaitant l'Enfant Jésus entourée de deux anges tenant des encensoirs.

Larg. ouvert, 132 millim.; haut., 112 millim.

54

95

94

98

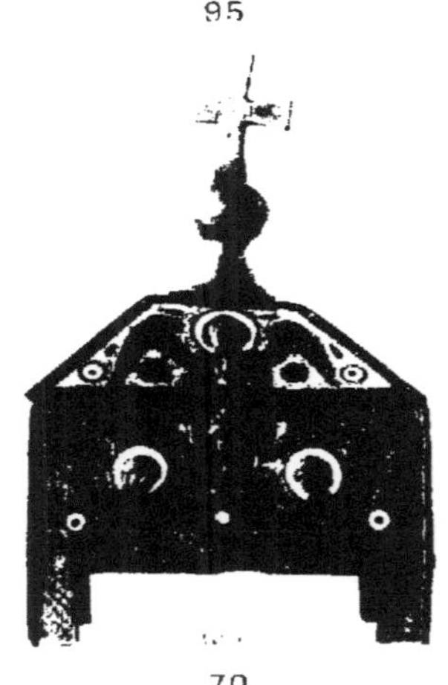
70

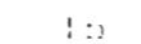

43 — Petite plaquette en ivoire sculpté en bas-relief, représentant, disposée sous une arcature gothique trilobée surmontée d'un gable décoré de feuillages sur ses deux rampants, l'Adoration des Rois Mages.

Haut., 112 millim.; larg., 37 millim.

44 — Volet de diptyque en ivoire teinté, représentant la Vierge assise tenant l'Enfant Jésus et couronnée par deux anges.

Haut., 95 millim.; larg., 51 millim.

45 — Triptyque en ivoire sculpté en bas-relief, divisé en douze compartiments représentant des scènes de la Vie du Christ. Style gothique.

Haut., 195 millim.; larg. ouvert, 175 millim.

46 — Diptyque en ivoire sculpté en bas-relief, représentant les quatre Évangélistes. Travail de style byzantin.

Haut., 17 cent.; larg. ouvert, 145 millim.

ÉMAUX CHAMPLEVÉS

N° 47.

47 — Pyxide en cuivre champlevé et émaillé de Limoges, à décor de quadrilobes inscrits dans des médaillons à fond bleu turquoise. Fond d'émail bleu avec palmettes réservées et gravées. Le couvercle conique est surmonté d'une croix. Limoges, XIIIe siècle.

Haut., 11 cent.

48 — Crucifix en cuivre champlevé et émaillé. Le Christ en relief, en cuivre gravé, est posé sur une croix plate auréolée émaillée bleu, avec semis de rosaces et nimbe crucifère en émaux de couleurs. Limoges, XIIIe siècle.

Haut., 31 cent.

49 — Pyxide en cuivre champlevé et émaillé, à décor de bustes d'anges réservés inscrits dans des médaillons émaillés. Palmettes et rinceaux gravés et réservés sur fond d'émail bleu. Couvercle conique surmonté d'une croix. Limoges, XIIIe siècle.

Haut., 11 cent.

50 — Crucifix en cuivre champlevé et émaillé, avec Christ en relief en cuivre gravé, fond de rosaces et nimbe crucifère en émaux de couleur sur émail gros bleu. Limoges, XIIIe siècle.

Haut., 20 cent.

N° 49.

51 — Plaque rectangulaire en cuivre champlevé, doré et émaillé, représentant la Crucifixion. Le Christ, la Vierge, saint Jean et un ange, en cuivre repoussé et doré, sont appliqués sur la plaque. Limoges, XIIIe siècle (incomplète).

Haut., 26 cent.; larg., 15 cent.

52 — Plaque en cuivre champlevé et émaillé, provenant d'un côté de châsse, ornée d'une figure de saint personnage debout réservé et doré, avec tête rapportée en relief. Fond de rinceaux réservés sur émail bleu. Limoges, XIIIe siècle.

Haut., 14 cent.; larg., 8 cent.

53 — Plaque en cuivre champlevé et émaillé, provenant de l'extrémité d'une châsse représentant un saint personnage debout sous une arcature. La figure est réservée, gravée et dorée, avec tête rapportée en relief, sur fond d'émail orné d'un semis de rosaces. Limoges, XIIIe siècle.

Haut., 133 millim.; larg., 68 millim.

54 — Mors de chape en cuivre champlevé et émaillé, de forme circulaire, divisé en deux par une charnière médiane ; il est ornementé de la représentation de Saint Nicolas et des enfants, en relief sur un fond d'émail bleu à semis de fleurettes. Bordure festonnée, percée de petits trous. Limoges, XIIIe siècle.

Diam., 12 cent.

55 — Chasse en forme de maison, reposant sur quatre pieds et surmontée d'une crête ajourée. Elle est ornée, sur la face, de bandes de métal repoussé et doré à motifs de quatrefeuilles inscrits dans des losanges, et de cabochons de verres de couleur. Le revers et les pignons sont garnis de plaques en cuivre champlevé et émaillé : celle du toit est ornée de trois médaillons juxtaposés en émail bleu turquoise, avec anges vus à mi-corps réservés et gravés. Sur le coffre, est une plaque à ornements géométriques et, sur les côtés, sont figurés des anges debout, réservés et gravés sur fond d'émail. Limoges, XIIIe siècle.

Haut., 19 cent.; larg., 15 cent.

56 — Plaque de reliure de forme rectangulaire, représentant la Crucifixion. A la partie supérieure, deux anges. Fond bleu avec semis de rosaces polychromes. Le corps du Christ et les têtes des personnages sont en relief; les corps sont réservés et gravés. Limoges, XIIIe siècle.

Haut., 215 mill.; larg., 110 mill.

57 — Croix plate auréolée, en cuivre champlevé et émaillé, à décor de rosaces réservées sur fond émaillé bleu. Elle est ornée d'un Christ en cuivre doré disposé en haut-relief. Limoges, XIIIe siècle.

Haut., 233 millim.

58 — Plaque de reliure de forme rectangulaire, représentant la Crucifixion. En haut, deux anges tenant des livres. En bas, Adam sortant du tombeau. Semis de rosaces polychromes sur fond bleu lapis. Le Christ et les têtes des personnages sont en relief; les corps sont réservés et gravés. Limoges, XIIIe siècle.

Haut., 24 cent.; larg., 11 cent.

59 — Crucifix, orné d'un Christ en relief fixé sur une croix émaillée bleu, avec semis de rosaces et de losanges en émaux de couleur. Cuivre champlevé. Limoges, XIIIe siècle.

Haut., 195 millim.

60 — Christ en cuivre gravé et doré, vêtu du *perizonium* émaillé bleu. Limoges, XIIIe siècle.

Haut., 225 millim.

61 — Christ en cuivre gravé, vêtu du *perizonium* émaillé bleu et blanc. Limoges, XIIIe siècle.

Haut., 17 cent.

62 — Petite plaque en cuivre gravé et doré, percée de trous ayant contenu des cabochons, et ornée d'un ange ailé en relief, émaillé, vu à mi-corps. XIIIe siècle.

Larg., 12 cent.; haut., 7 cent.

63 — Deux plaques provenant des extrémités d'une châsse, représentant chacune un saint personnage gravé, drapé, tenant un livre, debout sous une arcature. Fond d'émail bleu lapis avec semis de rosaces et coupé par deux bandes d'émail bleu turquoise. Limoges, XIIIe siècle. Encadrements en cuivre doré orné de cabochons.

64 — Croix en cuivre doré et repoussé, montée sur une âme en bois. Elle est ornée de cabochons et d'une figurine de Christ en relief, revêtu d'un *perizonium* émaillé bleu. Limoges, XIIIe siècle.

Haut., 24 cent.

65 — Grande pyxide en cuivre gravé et doré, ornée, sur le couvercle et sur le pourtour, de médaillons circulaires émaillés bleu avec demi-figures réservées et gravées d'anges ailés.

Haut., 15 cent.

66 — Crucifix en cuivre champlevé et émaillé, avec Christ en relief fixé sur une croix plate auréolée. Limoges, xiiie siècle.

Haut., 217 millim.; larg., 115 millim.

67 — Quatre plaques quadrilobées, en cuivre champlevé et émaillé, représentant, réservés sur fond bleu : la Vierge, saint Jean, une tête de mort et des ossements, et le pélican nourrissant ses petits. Émaux de Sienne, xive siècle.

Haut. de chaque médaillon, 8 cent.

N° 68.

68 — Porte-cierge en cuivre gravé champlevé et émaillé. Il repose sur une base triangulaire, supportée par trois pieds à têtes humaines. La tige est ronde, interrompue par deux nœuds émaillés. Chacune des faces de la base est ornée de médaillons, représentant des dragons en relief sur un fond émaillé. Limoges, xiiie siècle.

Haut., 29 cent.

69 — Navette a encens, en cuivre champlevé et émaillé, à motifs de palmettes et de rinceaux; le dessus est orné de deux petits médaillons en cuivre repoussé et ajouré, présentant des dragons. Limoges, xiiie siècle.

Long., 21 cent.

70 — Très jolie boite aux saintes huiles, en cuivre champlevé, gravé, doré et émaillé. Elle est de forme rectangulaire, avec couvercle chanfreiné, à quatre pans, surmonté d'une croix. Elle est décorée tout autour de bustes d'anges gravés, réservés sur fond d'émail bleu, avec têtes rapportées en relief ou réservées sur un nimbe émaillé. Dans le fond, semis de rosaces polychromes. Limoges, XIIIe siècle.

Larg., 10 cent.; prof., 75 millim.; haut. (sans la croix), 10 cent.

ÉMAUX PEINTS

71 — Plaque cintrée en émaux de couleur, représentant la Mise au Tombeau. A droite, le Christ, placé devant la tombe, est soutenu par un ange. A gauche, saint Jean, agenouillé, maintient la Vierge évanouie, et de sa main gauche enlève la couronne d'épines du front du Christ. Dans le fond, la Croix et les divers instruments de la Passion. Atelier de Pénicaud. Limoges, fin du XVe siècle. Cet émail est monté dans un riche encadrement en cuivre doré, enrichi de feuilles en relief et de cabochons de pierres de couleur et bordé d'entrelacs ajourés, ornementés de fleurettes de métal. Le revers est orné d'une figurine gravée du Christ portant les instruments de la Passion. Fin du XVe siècle.

Haut. de l'émail, 125 millim.; larg., 90 millim.
Haut. du cadre, 21 cent.; larg. du cadre, 175 millim.

72 — Plaque de miroir, de forme ovale, en émail peint en couleurs, avec rehauts d'or et paillons, représentant Pyrame et Thisbé. Fond de paysages avec vue d'habitations. Limoges, XVIe siècle. Cadre en argent, muni au revers d'une glace étamée.

Haut., 105 millim.; larg., 78 millim.

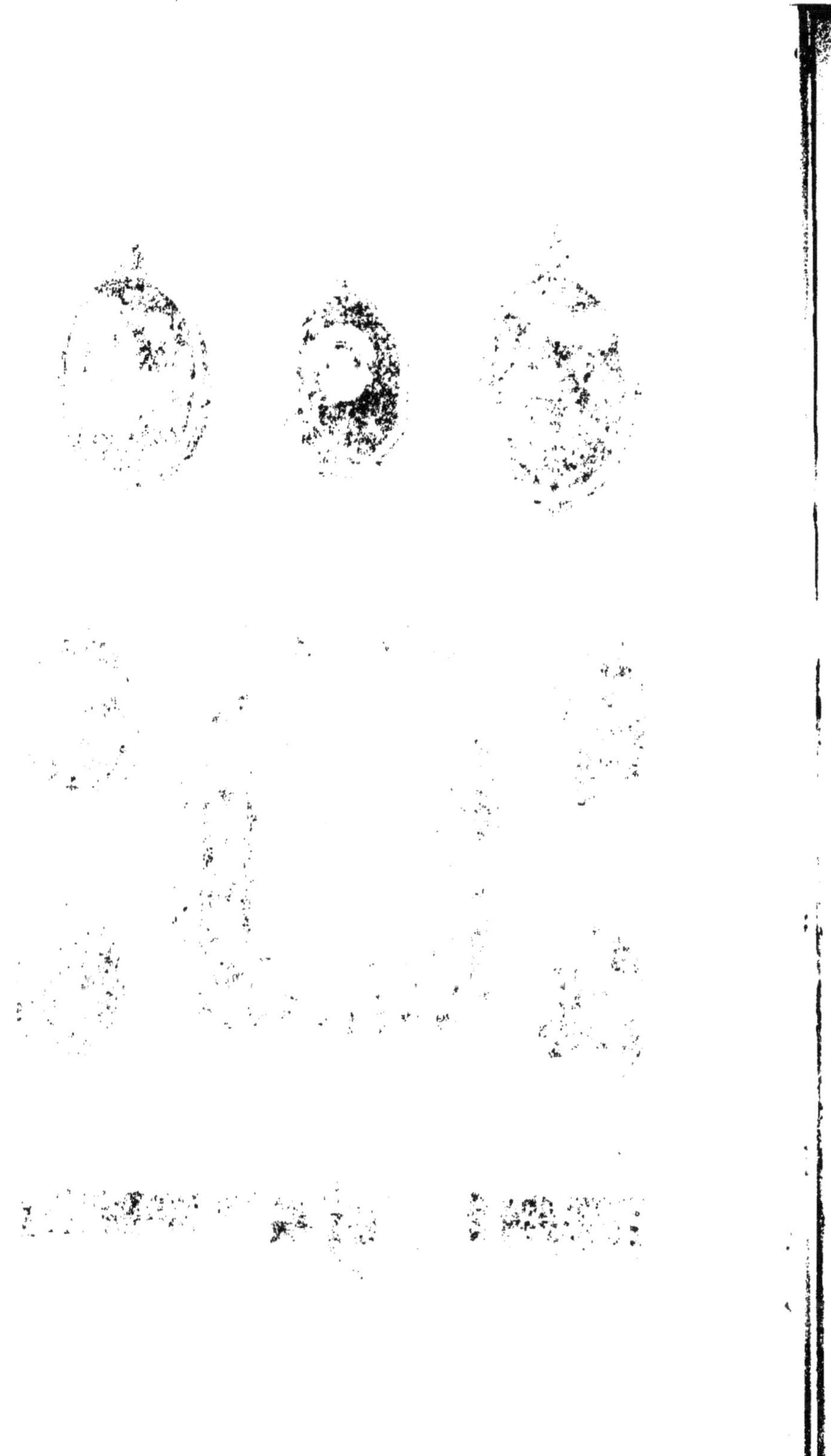

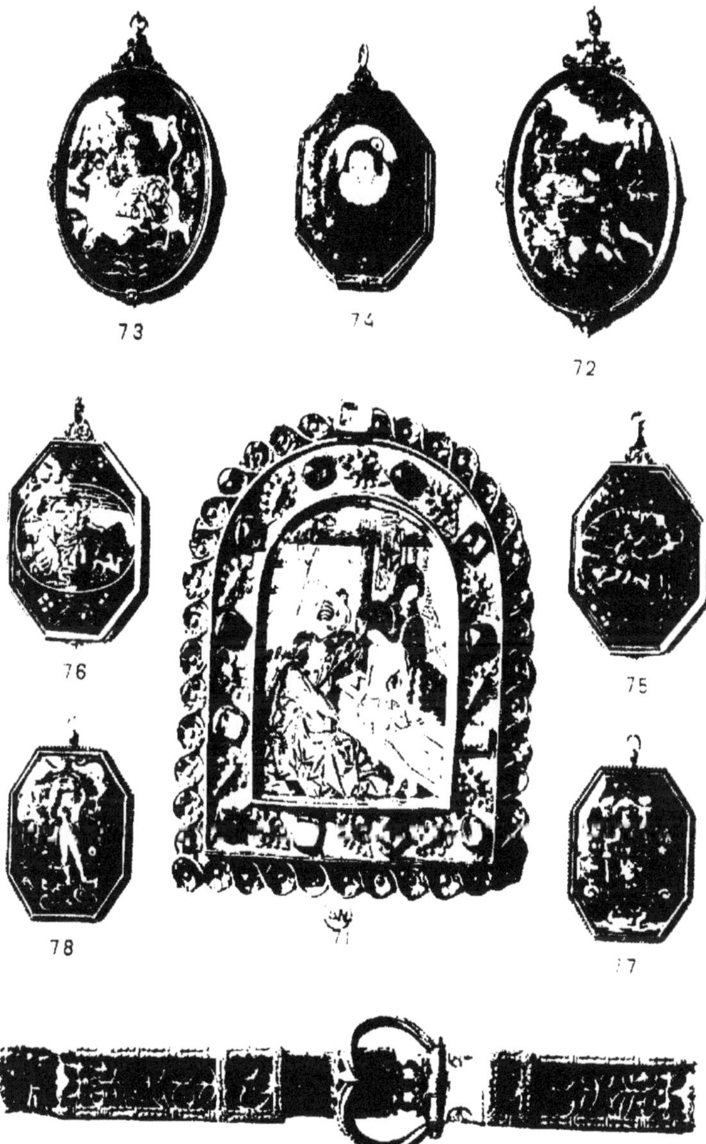
73
74
72
76
75
78
71
77

73 — Plaque de miroir, de forme ovale, en émail peint en couleurs, avec rehauts d'or et paillons, par *Jean Courtois*, représentant l'Enlèvement d'Europe. Signé : *I. C.* Limoges, xvie siècle. Cadre en argent, muni au revers d'une glace étamée.

Haut., 94 millim.; larg., 71 millim.

74 — Boite de miroir, ornée d'une plaque octogonale, en émail peint en couleurs, présentant, dans un médaillon ovale à fond bleu, un portrait en buste de jeune princesse, tournée de trois quarts vers la gauche ; elle est parée de bijoux et vêtue d'un corsage à fond d'or, avec manches bouffantes, ornées de crevés. Le cou est garni d'une large fraise tuyautée : elle porte dans les cheveux un diadème et un pouf de plumes blanches. Au pourtour, encadrement de feuillages, fleurettes et oiseaux en or, couleurs et paillons sur fond noir. A la partie supérieure, une couronne fermée dorée. Cadre en métal, contenant au revers une glace étamée. Attribuée à *François Limosin*. Limoges, fin du xvie siècle.

Haut., 8 cent., larg., 6 cent.

75 — Plaque de miroir de forme octogonale, en émail peint de Limoges, en couleurs, avec rehauts d'or et paillons. Au centre, un médaillon ovale présente un sujet à personnages : dans un fond de paysages, un homme, vêtu à l'antique, casqué et armé d'une lance, accompagné de trois chiens, apporte à Diane, debout devant lui, une tête de sanglier. Encadrement de fleurettes, feuillages et oiseaux en or et en couleurs. Cadre en argent, muni au revers d'une glace étamée. xvie siècle.

Haut., 76 cent., larg., 65 cent.

76 — Plaque de miroir en émail peint en couleurs, avec rehauts d'or et paillons, de forme octogonale, représentant, dans un médaillon ovale, un sujet mythologique : Deux personnages, homme et femme, debout, marchant vers la droite, accompagnés de deux chiens. Bordure de feuillages en or, avec fleurettes et oiseaux en couleurs. Limoges, xvie siècle. Cadre en argent.

Haut., 8 cent.; larg., 62 millim.

77 — Plaque de forme octogonale, en émail peint en couleurs, avec rehauts d'or et paillons, représentant Mercure tenant un caducée, debout sous un portique. De chaque côté, vases fleuris posés sur des consoles. Limoges, xvie siècle. Encadrement en métal, garni, au revers, d'un miroir.

Haut., 68 millim.; larg., 55 millim.

78 — Plaque analogue à la précédente, représentant Jupiter debout, ayant l'Aigle à ses pieds. A la partie supérieure, deux personnages assis. Limoges, xvie siècle. Cadre en métal garni, au revers, d'un miroir.

Haut., 68 millim.; larg., 54 millim.

OBJETS VARIÉS

79 — Grand camée de forme ovale, en sardoine, représentant une réunion de cinq divinités : Jupiter avec l'aigle, Junon, Mercure, Minerve et Mars. xvie siècle. (Fracturé et recollé.)

Larg., 10 cent.; haut., 7 cent.

80 — Petit étui plat, en cuir noir ciselé, ornementé de feuillages. Il est de forme carrée, et muni d'un couvercle s'emboitant. xve siècle.

Haut., 115 millim.; larg., 12 cent.

CUIVRES ET BRONZES

81 — Monstrance en cuivre doré ; le reliquaire est formé d'un tube horizontal, orné de cabochons de verres de couleur ; il est surmonté d'une arcature ogivale terminée par une croix, et repose sur un pied circulaire auquel il est réuni par une tige à six pans interrompue par un nœud à palmettes repoussées. xve siècle.

Haut., 27 cent.

82 — Boite-reliquaire en cuivre doré, à six pans, elle est munie de contreforts à chacun de ses angles, et ornementée, sur chacun des côtés, d'une petite statuette d'applique de saint personnage, disposée sous une arcature gothique. xve siècle.

Haut., 14 cent.

83 — Croix en cuivre repoussé et gravé, les extrémités sont décorées de fleurons ajourés. D'un côté est gravé le Christ en croix ; au revers, des cavités, sous verre, destinées à contenir des reliques. Base découpée et tige à motifs gothiques. En partie du xve siècle.

Haut., 32 cent.

84 — Reliquaire de forme cubique, en cuivre doré, repoussé et gravé. Il est muni, sur la face, d'une arcature cintrée, flanquée de deux colonnettes à chapiteaux feuillagés, soutenant un linteau portant une inscription latine. Les côtés sont garnis de pilastres ornementés de têtes et de figurines et de plaques à entrelacs, rinceaux et arabesques. xvie siècle.

Haut., 20 cent. ; larg., 20 cent.

85 — Croix plate en cuivre doré et gravé; elle est ornée, sur la face, d'une figure de Christ en bronze ciselé et doré. Aux extrémités des deux branches latérales : saint Jean et la Vierge. A la partie supérieure : figure d'ange ailé. A la base : Adam sortant du tombeau. Cinq plaques en cuivre émaillé, avec personnages et inscriptions, complètent la décoration. Au revers, une plaque en cuivre émaillé présente le Christ bénissant, et aux extrémités des branches sont gravés les symboles des Évangélistes. Travail espagnol, xve siècle.

Haut., 50 cent.; larg., 36 cent.

86 — Reliquaire en cuivre doré et gravé, de forme hexagonale, muni de contreforts et surmonté d'un toit aigu. Il est orné, sur chacune de ses faces, de saints personnages gravés, et repose sur une tige à pans interrompue par un nœud aplati fixée sur un pied polylobé. xve siècle.

Haut., 32 cent.

87 — Base de croix processionnelle en cuivre doré : le nœud, de forme octogonale, muni de contreforts et d'arcatures sous lesquels sont disposées des figurines en bronze doré. xve siècle.

Haut., 29 cent.

88 — Monstrance en cuivre doré : les montants simulent deux contreforts et reposent sur une tige à pans, interrompue par un nœud sphérique repoussé, fixée sur un pied polylobé. xve siècle. Incomplète.

Haut., 43 cent.

89 — NŒUD DE CROIX de forme sphérique, légèrement aplatie, en cuivre repoussé, gravé et doré, à décor de feuilles et orné de huit cabochons. XVe siècle.

90 — PARTIE DE MONSTRANCE en cuivre doré et ajouré, simulant un monument de forme hexagonale à arcatures gothiques et à contreforts, muni d'un toit pointu, orné de motifs fleuronnés. XVe siècle.

Haut., 18 cent.

91 — CROSSE en bronze gravé et doré : elle est ornée d'un nœud sphérique, avec quatre figures de saints personnages repoussés, vus à mi-corps, inscrits dans des médaillons circulaires ; la volute se termine par une tête de dragon. XIVe siècle.

Haut., 29 cent.

Collection Boy, n° 720.

N° 91.

92 — FIGURINE d'applique en cuivre repoussé et doré : saint personnage debout, drapé, tenant un livre. Au revers est gravé un repère, composé de deux traits horizontaux et de la lettre A. XIVe siècle

Haut., 22 cent.

93 — BOITE aux saintes huiles, en cuivre doré, de forme rectangulaire, surmontée d'un couvercle à quatre pans, sur la face duquel est un médaillon circulaire, émaillé rouge. XVe siècle.

Larg., 12 cent. ; haut., 11 cent.

94 — Mors de chape de forme polylobée, en cuivre gravé et doré; il est divisé en deux par une charnière médiane, et ornementé, sur chacun des côtés, d'une figurine en relief d'apôtre assis, tenant un livre. xive siècle.

Haut., 105 millim.; larg., 145 millim.

Collection Spitzer, n° 275.

95 — Mors de chape de forme quadrilobée, en cuivre doré : il est orné, au centre, de la représentation du Christ en croix, entre la Vierge et saint Jean, et cantonné de quatre médaillons en cuivre repoussé, représentant : la Crucifixion, l'Annonciation, la Nativité et la Résurrection. Ces médaillons sont séparés par quatre cabochons en cristal. xve siècle.

Larg., 145 millim.

96 — Crosse en cuivre doré et filigrané : la tige est à six pans et ornementée de feuillages crispés; la volute se termine en rinceaux. Art français, xve siècle.

Haut., 21 cent.

Collection Boy, n° 670.

N° 96.

97 — Plaque en cuivre repoussé et doré, représentant une sainte femme drapée et voilée, tournée vers la gauche. xve siècle.

Haut., 175 millim.

98 — Jolie statuette en cuivre doré, représentant un ange drapé dans une longue robe, agenouillé, les mains jointes et tourné de trois quarts vers la gauche. xve siècle.

Haut., 14 cent.

99 — PORTE-CIERGE en bronze fondu, ciselé et doré : la base, qui repose sur trois pieds, est formée par trois feuilles lancéolées réunies à une même tige et séparées par des palmettes triangulaires agrémentées de feuilles en relief. La bobèche circulaire est ornée en dessous de branches feuillagées et est réunie à la base par une tige courte portant une grosse boule en cristal de roche. XIe siècle.

Haut. totale, 24 cent. ; larg. à la base, 17 cent.

100 — COUVERCLE de forme circulaire en métal doré, orné en bas-relief d'une frise de personnages et d'animaux : le bouton est formé par un fleuron. Très ancien travail, probablement du Xe siècle.

N° [illegible]

101 — PETITE STATUETTE en argent repoussé, représentant sainte Barbe debout, tenant un livre, appuyée contre une tour : base à six pans, ornée de tourelles et enrichie de plaques de cristal. En partie du XVe siècle.

Haut., [illegible] millim.

102 — FIGURINE-APPLIQUE d'une sainte femme drapée et couronnée, vue à mi-corps, tenant une palme de la main droite : argent repoussé en partie doré. XVe siècle.

Haut., 10 cent.

103 — Boucle et mordant de ceinture en métal argenté et doré, enrichis de motifs repercés de style gothique et d'ornements gravés ; au revers, les initiales I. D. V. B. S. et la date : *anno 1665*. Pièce de maitrise. Travail flamand, XVIIe siècle.

104 — Main bénissante en métal, provenant d'un bras-reliquaire. XIVe siècle.

Haut., 24 cent.

105 — Figurine d'applique en cuivre ciselé et doré, représentant le Christ assis sur un trône, bénissant de la main droite et tenant un livre de la main gauche.

Haut., 19 cent.

106 — Figurine-applique en cuivre fondu et doré, représentant la Vierge assise tenant sur ses genoux l'Enfant Jésus.

Haut., 21 cent.

107 — Deux statuettes en bronze doré, représentant deux des symboles des Évangélistes : le lion et le bœuf. XVIe siècle.

Long., 8 cent.

108 — Petite statuette de saint Jean en bronze ciselé et doré. XVe siècle.

Haut., 75 millim.

109 — Partie de mors de chape en cuivre ciselé et doré, ornée d'une figure-applique de saint Jean. XVe siècle.

Haut., 10 cent.

110 — Petit groupe en cuivre ciselé et doré, provenant d'une crosse et représentant le Couronnement de la Vierge. XIIIe siècle.

Haut., 78 millim.

111 — SIX TRÈS PETITES STATUETTES-APPLIQUES en bronze doré, provenant de reliquaires.

112 — QUATRE PETITS MÉDAILLONS en bronze doré représentant les Évangélistes.

113 — ENCENSOIR en bronze ; le couvercle est repercé et décoré d'animaux ; la base est ornée d'animaux en bas-relief.

114 — ENCENSOIR. La partie inférieure, du XVe siècle, est en cuivre repoussé et doré, ornée de médaillons, et repose sur un pied à six pans. Le couvercle est en bronze patiné, orné d'animaux.

115 — PARTIE SUPÉRIEURE D'UN ENCENSOIR à motifs de fenestrages gothiques. Métal argenté, XVe siècle.

116 — CROSSE en bronze fondu et doré ; la volute se termine par une tête d'animal et contient une plaque ornée sur chacune de ses faces, d'un saint personnage tenant ses attributs.

Haut., 17 cent.

117 — FLAMBEAU en bronze fondu et ajouré, à base triangulaire, orné d'animaux, reposant sur trois pieds formés par des dragons. Le bobéchon est soutenu par trois aigles aux ailes éployées.

Haut., 25 cent.

118 — PORTE-CIERGE en bronze fondu et ajouré, à base triangulaire, orné d'animaux, reposant sur trois pieds formés par des dragons, tige à pans et bobèche circulaire avec trace d'émaux et inscription latine.

Haut., 30 cent.

119 — PETIT SOCLE triangulaire en velours, muni d'une monture en cuivre doré, supportée par trois statuettes de saints personnages. Style gothique.

SCULPTURES

BOIS

120 — Statuette en bois sculpté, avec traces de polychromie, représentant un saint personnage debout, drapé dans un ample manteau, tenant un livre dans la main gauche. Socle en bois mouluré. xvie siècle.

Haut. totale, 58 cent.

N° 120.

121 — Figure vue à mi-corps, représentant un jeune homme revêtu d'une armure couverte par un manteau et coiffé d'un chaperon ornementé d'un bijou. Bois sculpté et polychromé. xvie siècle.

Haut., 59 cent.

122 — Groupe d'applique en bois sculpté, provenant d'un Calvaire, représentant divers saints personnages qui étaient disposés au pied de la Croix. Bois sculpté, avec traces de peinture et de dorure. Commencement du xvie siècle.

Larg., 60 cent.; haut., 40 cent.

123 — Groupe d'applique en bois sculpté, représentant saint Jean et Marie-Madeleine soutenant la Vierge évanouie, drapée et voilée. La Sainte Femme est vêtue d'un ample manteau, laissant à découvert un corsage à manches bouffantes; elle est coiffée d'un curieux bonnet très ornementé. Commencement du xvie siècle.

Larg., 52 cent.; haut., 50 cent.

145

128

123

29

124 — Petit groupe d'applique en bois sculpté, avec traces de polychromie, représentant la Vierge assise, vêtue d'un long manteau et couronnée, tenant l'Enfant Jésus. xvie siècle.

Haut., 37 cent.

125 — Groupe en bois sculpté, représentant la Descente de Croix. Joseph d'Arimathie et Nicodème, montés sur des échelles placées de chaque côté de la croix, descendent le corps du Christ, aidés par saint Jean, qui est debout derrière la Vierge, agenouillée au premier plan. A droite, une Sainte Femme. xve siècle.

Haut., 42 cent.; larg., 32 cent

N° 124.

126 — Groupe en bois sculpté et peint, représentant une sainte femme agenouillée, à gauche, sur un prie-Dieu : elle est vue de dos. Derrière elle sont placés, debout, deux personnages. Les costumes sont particulièrement intéressants. Commencement du xvie siècle.

Haut., 42 cent.; larg., 32 cent.

127 — Petit haut-relief en bois sculpté et doré, représentant une composition religieuse à nombreux personnages, parmi lesquels on remarque la Vierge, placée à droite, agenouillée devant un prie-Dieu, surmonté d'un dais, garni de draperies. Derrière la Vierge, saint Jean et des Apôtres tenant des attributs divers. Les figures des personnages sont rehaussées de couleurs. xvie siècle.

Haut., 29 cent.; larg., 22 cent

128 — Groupe de deux cavaliers, costumés à l'antique, passant vers la droite. Les chevaux sont richement harnachés et caparaçonnés. Haut-relief sans fond en bois sculpté, provenant d'un retable. xvie siècle.

Haut., 60 cent.; larg., 31 cent.

129 — Groupe en bois sculpté et polychromé, représentant saint Martin à cheval, partageant son manteau avec un estropié. Fin du xve siècle.

Haut., 45 cent.; larg., 31 cent.

130 — Douze statuettes en bois sculpté et polychromé, figurant les Apôtres. xvie siècle.

Haut., 40 cent.

131 — Groupe en bois sculpté et polychromé, représentant la Fuite en Égypte. xvie siècle.

Haut., 65 cent.; larg., 60 cent.

132 — Groupe d'applique en bois sculpté, représentant sainte Anne, la Vierge et l'Enfant Jésus. Sainte Anne est debout, tenant un livre ouvert; la Vierge, assise sur un siège à X, soutient l'Enfant Jésus debout sur ses genoux et tenant une grappe de raisin. xve siècle.

Haut., 52 cent.

133 — Petit monument en bois sculpté, à trois niches, dont une centrale plus large que les deux autres; il est surmonté d'un dais ajouré à arcatures et clochetons gothiques avec pendentifs ornés de statuettes d'anges tenant des livres. En partie du xve siècle.

Larg., 71 cent.; haut., 70 cent.

134 — Grande statuette de saint Michel debout, brandissant une épée. Il est revêtu d'une armure complète, recouverte d'un large manteau attaché sur la poitrine par un fermail à cabochons. Il soutient une targe de la main gauche. Bois sculpté. Travail allemand du xvie siècle. Il repose sur une console à ornements gothiques, et il est surmonté par un large dais à arcatures, contreforts et ornements de style gothique flamboyant.

Haut. de la statuette, 1 m. 40.

153

135 — Très grand Christ en bois sculpté; il est représenté cloué sur la croix, ceint de la couronnne d'épines. Le corps est désséché, laissant apparaitre les côtes et la carnation anatomique avec un réalisme poignant. Travail espagnol. xvie siècle.

Haut. environ, 2 mètres.

136 — Deux statuettes d'applique en bois sculpté, présentant la Vierge debout, les mains croisées, et saint Jean drapé, tenant un livre. xvie siècle. Ces deux statuettes peuvent compléter le Christ précédent, et figurer le groupe de la Crucifixion.

Haut., 1 m. 16.

137 — Groupe d'applique en bois sculpté et polychromé, représentant la Vierge assise, tenant l'Enfant Jésus bénissant. xve siècle.

Haut., 85 cent.

138 — Groupe d'applique en bois sculpté, représentant la Vierge évanouie, soutenue par saint Jean et la Madeleine. xvie siècle.

Haut., 50 cent.

139 — Groupe d'applique à nombreux personnages, en bois sculpté et polychromé, représentant la Mise au Tombeau. xvie siècle.

Haut., 43 cent.; larg., 45 cent.

140 — Petit groupe d'applique en bois sculpté, représentant le Christ mené au Calvaire. A l'arrière-plan, sous une porte flanquée de tourelles, sainte Anne debout, les mains jointes.

Haut., 20 cent.; larg., 18 cent.

141 — Groupe d'applique en bois sculpté et ajouré, représentant Jésus détaché de la croix. xve siècle.

Haut., 17 cent.

142 — Groupe d'applique en bois sculpté et polychromé, représentant la Vierge assise dans un fauteuil à haut dossier, tenant l'Enfant Jésus sur ses genoux. La Vierge est vêtue d'un long manteau, coiffée d'une couronne. Ses cheveux, disposés en longues nattes, retombent sur les épaules. xive siècle.

Haut., 90 cent.

143 — Groupe d'applique en bois sculpté, représentant sainte Anne drapée et voilée, assise, portant l'Enfant Jésus sur ses genoux et ayant auprès d'elle la Vierge debout. Travail allemand, xve siècle.

Haut., 57 cent.

144 — Très petit groupe en bois sculpté, représentant sainte Anne et la Vierge assises sur un banc, tenant l'Enfant Jésus. xvie siècle.

Larg., 18 cent.; haut., 20 cent.

145 — Médaillon trilobé, en bois sculpté et ajouré, représentant la Vierge émergeant d'un fleuron et portant l'Enfant Jésus debout : deux écussons sont suspendus à des rinceaux feuillagés. La partie supérieure est ornée d'une banderole. Travail flamand, xve siècle.

146 — Haut-relief en bois sculpté, de forme triangulaire, représentant Samson terrassant un lion. A la base, jolie tête de femme coiffée d'un bonnet à bords relevés. xvie siècle.

Haut., 21 cent.; larg., 39 cent.

147 — Coffret en bois sculpté et ajouré, de forme rectangulaire, avec couvercle à deux rampants. Il est orné de médaillons et de fenestrages gothiques et muni d'une serrure à moraillon.

Larg., 42 cent.; haut., 26 cent.

167

151

156

167

148 — Deux panneaux en bois sculpté à motifs variés ; l'un d'eux est muni de pentures en fer. Deux fragments de crêtes en bois sculpté et ajouré. Ensemble, quatre pièces. xve et xvie siècles.

149 — Trois petits fragments en bois sculpté représentant des animaux. xve siècle.

150 — Partie de dais en bois sculpté et ajouré à motifs gothiques. xve siècle.

Long., 52 cent. ; haut., 24 cent.

MARBRES ET PIERRES

151 — Haut-relief sans fond, en marbre blanc, représentant une scène à nombreux personnages figurant la Mort de la Vierge. La Vierge est étendue sur un lit, autour duquel sont assemblés des apôtres tenant divers attributs. L'un d'eux, assis au pied du lit, essuie ses larmes avec le voile de la Vierge. xve siècle.

Larg., 41 cent. ; haut., 32 cent.

152 — Arcature d'applique gothique, en marbre blanc sculpté et ajouré, ornementée de rosaces et de fenestrages, surmontée d'un gable décoré de feuillages sur ses rampants. xve siècle.

Haut., 50 cent. ; larg., 31 cent.

153 — Statue en pierre sculptée, représentant saint Jean-Baptiste debout, vêtu d'un ample manteau sans manches, boutonné sur l'épaule droite et couvrant la peau de mouton. Il montre de l'index droit l'Agneau divin, posé sur un livre ouvert qu'il tient sur le bras gauche. xve siècle.

Haut., 1 m. 12.

154 — Fragment en pierre sculptée, représentant un groupe de trois personnages vêtus de curieux costumes. Travail français, xve siècle.

Haut., 35 cent.

155 — Partie de retable en pierre sculptée; il est formé par trois niches séparées par des contreforts ornementés reposant sur un entablement sculpté de deux têtes d'anges et d'un personnage vu à mi-corps et comptant sur ses doigts. La partie supérieure est formée par un dais à arcatures gothiques flamboyantes. xve siècle.

Haut., 85 cent.; larg., 57 cent.

156 — Haut-relief de forme rectangulaire, en pierre sculptée, représentant saint Éloi, debout à côté de sa forge et devant son enclume, ferrant une jambe de cheval. A droite, un personnage vêtu d'un pourpoint à manches bouffantes, coiffé d'un chapeau à plume, remet son épée au fourreau. A droite, sous un hangar, est un cheval sellé mais débridé. Sur l'enclume sont attachés divers outils. Fin du xve siècle.

Haut., 42 cent.; larg., 60 cent.

157 — Groupe en pierre sculptée, représentant sainte Anne debout, drapée et voilée, portant sur son bras droit la Vierge, qui tient l'Enfant Jésus, et de sa main gauche un livre ouvert.

Haut., 41 cent.

158 — Statuette en pierre sculptée, avec traces de polychromie, représentant un moine debout, vêtu d'une longue robe à capuchon, portant de sa main gauche une châsse en forme d'église et de sa main droite un bâton. xve siècle.

Haut., 70 cent.

159 — Joli groupe en pierre sculptée, avec traces de polychromie, représentant la Vierge debout, drapée d'un long manteau couvrant une robe légèrement décolletée et maintenue à la taille par une ceinture. Elle porte l'Enfant Jésus assis sur son bras gauche. xve siècle.

Haut., 60 cent.

1.020 Stein

160 — Fragment de haut-relief en pierre sculptée, représentant un saint personnage barbu en prières devant un ange ailé. XVe siècle.

Haut., 55 cent.; larg., 45 cent.

N° 160.

1.100 Daguerre

161 — Statue en pierre sculptée et polychromée, représentant un personnage debout, vêtu d'une robe rouge, ornée de fleurettes dorées. Cette robe est recouverte par un ample manteau bleu, semé de fleurs de lis en relief et dorées, et garni d'un large col de broderie, orné de cabochons simulés. Il a les cheveux longs et bouclés, couverts par une toque ronde à bords retroussés, ornée sur le devant d'un bijou. La main droite avancée tenait un sceptre. Travail français, fin du XVe siècle.

Haut., 1 m. 20.

162 — Grande statue en pierre sculptée, représentant la Vierge debout, portant sur son bras gauche l'Enfant-Jésus, qui tient une colombe. La Vierge est vêtue d'un riche manteau très ornementé de broderies à motifs de personnages, de pierreries et de galons. Elle a la tête ceinte d'une couronne à fleurons. xvie siècle.

Haut., 1 m. 95

TAPISSERIE

163 — Tapisserie rectangulaire représentant la Naissance de la Vierge. Sainte Anne, couchée dans un lit à baldaquin et à courtines, est entourée de ses servantes. Au premier plan, des femmes font la toilette du nouveau-né. Scène d'intérieur animée de personnages, avec escalier, fontaine; porte et volets munis de ferrures, essuie-mains et divers accessoires de mobilier. A la partie supérieure, un ange agenouillé sur un nuage agite un encensoir. Importante composition d'après la gravure d'Albert Dürer. xvie siècle. Cadre en bois mouluré.

Haut., 2 mètres; larg., 1 m. 35.

MEUBLES

164 — Coffre en bois sculpté : il est orné, sur la face, de quatre panneaux gothiques à fenestrages et d'un panneau central sculpté en bas-relief, représentant le Couronnement de la Vierge. Ces panneaux sont séparés par des contreforts gothiques. Il est muni d'une serrure à moraillon. Les côtés sont ornés également de panneaux à fenestrages sculptés. En partie du xve siècle.

Haut., 84 cent.; larg., 1 m. 60; prof., 63 cent.

165 — Grand coffre en bois sculpté : il est orné, sur la face, de quatre panneaux à armoiries et arcatures gothiques, et d'un panneau central sculpté en bas-relief représentant l'Annonciation. Ces panneaux sont séparés par des contreforts. Il est muni d'une serrure en fer à moraillon. Chacun des côtés est orné de panneaux à parchemins repliés. En partie du xve siècle.

Larg., 1 m. 65 ; haut., 85 cent. ; prof., 62 cent.

166 — Grande crédence gothique. La face est ornée de deux larges portes à fenestrages sculptés et munies de pentures et de targettes. Le panneau central est décoré de même manière. Elle est munie de deux tiroirs et repose sur quatre pieds réunis par une tablette. Le fond est orné de cinq panneaux à parchemins repliés. Le dossier, orné de cinq panneaux à fenestrages gothiques, est surmonté d'une frise ajourée et de fleurons. En partie du xve siècle.

Larg., 1 m. 82 ; prof., 70 cent. ; haut., 2 m. 55.

167 — Deux portes formées de quatre panneaux en bois sculpté, représentant, vus à mi-corps, François Ier et Charles-Quint, et leurs armoiries respectives, avec colliers et devises. En partie du xvie siècle.

Haut., 1 m. 62 ; larg., 72 cent.

168 — Fenêtre rectangulaire, en bois, munie de quatre volets à panneaux articulés, et garnis de pentures, de targettes et de loquets en fer. Flandres, xvie siècle.

Larg., 1 m. 27 ; haut., 1 m. 55.

169 — Table rectangulaire, en bois sculpté, de style Renaissance. Les extrémités sont formées par deux colonnettes accouplées posant sur des patins réunis par une traverse centrale munie de trois autres colonnettes supportant des arcatures. Sur la table est fixée une vitrine plate, en bois noir, garnie de glaces sur le dessus et les côtés.

Dimensions de la table : Long., 1 m. 40 ; larg., 80 cent.

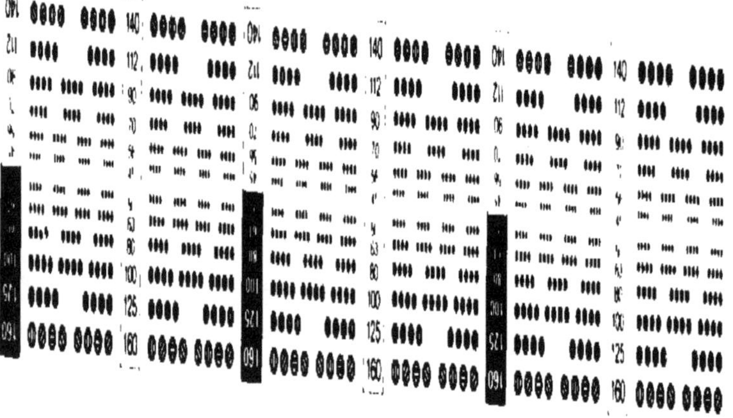

graphicom

MIRE ISO N° 1
NF Z 43-007
AFNOR
Cedex 7 - 92080 PARIS-LA-DEFENSE

www.ingramcontent.com/pod-product-compliance
Ingram Content Group UK Ltd.
Pitfield, Milton Keynes, MK11 3LW, UK
UKHW021539260726
13993UKWH00002B/558